- Collection "Théâtre à Vif" -

176

L'auteur : Serge Demoulin

Serge Demoulin est né en 1966 à Waimes, commune francophone des cantons de l'Est, pays du carnaval.

Lauréat du Conservatoire royal de Bruxelles, il joue dans de nombreux théâtres à Bruxelles et en Wallonie. Le jury des Prix de la critique le désigne comme meilleur comédien de la saison 2008-2009.

Il enseigne l'art dramatique au Conservatoire de Bruxelles.

Il a co-écrit *Le juste milieu* qui s'est joué au Théâtre de la Toison d'Or en 2006.

Le carnaval des ombres est son premier texte édité.

D/2012/5438/875 ISBN : 978-2-87282-874-6

- LE RIDEAU DE BRUXELLES -

Serge Demoulin

Le carnaval des ombres

- LANSMAN EDITEUR -

Je remercie chaleureusement Paul Dandrifosse, président du Front commun des résistants au nazisme. En représailles de son refus de livrer l'un de ses frères à la Gestapo, il fut enrôlé de force dans la Wehrmacht et réussit à s'évader après 14 mois de "résistance".

Sa vie durant, Paul s'est fait un devoir de défendre les intérêts moraux, sociaux et politiques des habitants des cantons de l'Est et des dix communes avoisinantes victimes de l'annexion nazie.

Il peaufine actuellement un livre, déjà primé par les bibliothèques de Malmedy et de Waimes, et qui sera bientôt édité. Véritable plaidoyer pour une libération des consciences, cet ouvrage met en lumière les causes et les conséquences de l'annexion.

J'ai puisé dans son travail les données historiques nécessaires à l'élaboration de mon texte.

J'ai puisé dans son oeil clair, vif. J'ai puisé dans son verbe, tantôt fleuri, tantôt déchaîné, la passion nécessaire pour tenter de faire sortir de l'oubli cette page de l'histoire de notre pays.

Paul n'a jamais monnayé son patriotisme, la seule chose qu'il réclame depuis toujours à la Belgique, c'est une reconnaissance publique et symbolique du fait de l'annexion.

Je remercie Benno Collienne, amoureux et fin connaisseur des dialectes wallons. Grâce à lui, le wallon de Waimes et celui de Malmedy ont trouvé dans mon texte leur juste orthographe, le premier pour les parties dialoguées, le second pour les chansons.

Je remercie Christophe Brüll, chargé de recherche FRS-FNRS à l'Université de Liège, pour m'avoir livré le fruit de ses recherches.

Je remercie Anne-Lise Strasser pour les traductions allemandes.

Et pour finir, merci au folklore malmédien !

A Robert Counson dont j'emprunte des extraits de deux chansons : "Tching-Boum !" et "Oho ! Aha !"

Aux deux frères Lebierre qui ont composé "Lu nut'du may".

Serge Demoulin

Je suis un enfant du silence.
Ce que je sais : mon nom.
Après, rien n'est moins sûr.

A mes parents, ma famille, ma région.
A Michael, sans qui ce texte n'aurait pas vu le jour.
A Lau, qui nous a quittés au début des répétitions.
Pour Youri.

La première du *Carnaval des ombres* a eu lieu au Malmundarium de Malmedy le 2 février 2012.

Texte et interprétation : Serge Demoulin. Avec les voix de : Nicolas Buysse, Michael Delaunoy, Muriel Legrand et Magali Pinglaut. Mise en scène : Michael Delaunoy. Assistante à la mise en scène : Laurence Adam. Stagiaire à la mise en scène : Andrés Cifuentes. Lumière : Laurent Kaye. Travail musical : Muriel Legrand. Prise de son et mixage : Lorenzo Chiandotto. Direction technique : Raymond Delepierre. Régie : Gauthier Minne. Couture : Carine Duarte et Laurence Hermant. Construction métalique : Didier Rodot. Patines : Arnaud Frères. Conseil coiffure et maquillage : Serge Bellot. Photos : Alessia Contu.

Une production du Rideau de Bruxelles en coréalisation avec le Festival Paroles d'Hommes et l'AMAPAC (Malmedy), et en partenariat avec l'Atelier 210 (Bruxelles).

Première partie

Oho, aha, oho, aha, mès cu s'pass't-i lâvâ ?
Qu'èsse çoulà po tos djins ?
C'èst dès djoyeus Mâm'diyins...[1]

C'est ce que je fredonne,
quand je devine la vallée.
Oho, aha...
Sur la crête, depuis Francorchamps,
l'autoroute se suspend,
entre les sapins et les sapins.
Les Hautes Fagnes.

Oho, aha, oho, aha, mès cu s'pass't-i lâvâ ?
Qu'èsse çoulà po tos djins ?

Déjà passé Verviers ça commence,
à la grande descente, vers le viaduc de Polleur,
là, ça se réveille, ça respire, le paysage s'ouvre.

C'èst dès crèvés Mâm'diyins...

La grande descente,
avec ses aires de repos de chaque côté,
posées dans les champs comme les pattes avant d'un Sphinx qui te dirait :
"Vas-y accélère, mets les gaz si tu veux passer la bosse d'après, la porte des Ardennes, et entrer dans le pays", je tiens l'*cayion*[2] !

1- Mais qu'est-ce qui se passe là-bas ?
Qu'est-ce que c'est que tous ces gens ?
C'est des joyeux Malmédiens...

2- Bazar

Et l'autoroute, elle devient belle,
elle suit les courbes, caresse les flancs de forêts,
tortille sa longue langue de macadam sous tes bas de caisses,
tu dirais qu'elle se réjouit l'autoroute,
qu'elle *se rafîe*[3], comme on dit *adré nos-ôtes*[4],
elle joue des dénivelés, flirte avec la météo, ondoie comme une eau rutilante, jette négligemment au passage des sorties sur ses bas-côtés
qui vont épouser un peu plus loin des villes et des villages entre ciel et terre :
Spa, Solwaster, Mont-Xhoffraix, Hockay, Jalhay...

- Dis Serge, t'en fais pas un peu trop, là ?

Et toi, t'accélères évidemment.
Elle te tire l'autoroute,
tu suis le mouvement,
tu t'étires dessus
en klaxonnant à tous vents.

Oho, aha, tûûût tûût
Oho, aha
Jusqu'à ce que tu voies la plaque,
LA plaque...
La plaque Malmedy 1500 mètres.
Et là tu lâches, tu profites, tu respires profondément.
Oho aha
Oho aha
Droit devant sur la colline d'en face c'est le monastère de Wavreumont.
Tape ton clignoteur.
Sortie Marche, Malmedy, Waimes, Stavelot.
Tu peux lâcher la pédale d'accélérateur, laisse-toi couler dans la descente.

3- Se réjouit
4- Chez nous

Au rond-point, tu donnes un coup d'épaule, pour mettre la voiture sur deux roues et tu prends le virage, en jetant un oeil sur le panneau à droite : "Bienvenue dans l'ancienne principauté abbatiale de Stavelot-Malmedy."

Ça glisse tout seul. C'est tout *schuss*[5].
Tu peux même mettre au point mort.
Avec un peu de chance, pas trop de circulation,
et un peu de vent dans le dos,
t'as assez d'élan pour arriver, sans *reclaper* une vitesse,
jusqu'au centre de Malmedy, jusqu'à l'abbaye, jusqu'ici,
jusqu'au théâtre...

Non, parce qu'avant ça, c'est moche, faut l'dire.
Surtout quand t'arrives de Bruxelles.
Le tronçon Bruxelles-Liège...
Leuven-Louvain
Tienen-Tirlemont.

Parfois quand je quitte Bruxelles pour rentrer chez moi, à Waimes,
j'ai besoin de me changer les idées, alors à Liège, je change d'itinéraire, je prends le tunnel de Cointe et je remonte vers la Baraque Fraiture pour sortir à Stoumont, et zigzaguer à travers bois, lentement, délicatement...
C'est la vieille route.
Celle que Peiper a prise en 44 avec sa Panzerdivizion pendant la Bataille des Ardennes : Elsenborn, Amblève, Thirimont, Baugnez et son massacre, Stavelot, Stoumont...
Avant d'être bloqué à La Gleize et d'être obligé de se replier sur Stoumont pour y être encerclé par les alliés.

La Bataille des Ardennes...
Mon père était sur le front... enfin, un coin du front était juste derrière la maison, à Waimes, mon père était gamin, il avait dix ans, et les Américains, ils y tenaient à ce coin-là, justement.

5- Tout droit

Ils essayent de faire reculer les Allemands à coups de crosses et de bombes.
Et les Allemands ils répliquent pareil.
Alors le front, lui, il bouge : un coup vers la droite, un coup vers la gauche.
Un coup vers la gauche, deux coups vers la droite.
Et la nuit, il neige.
Alors au matin, à l'affût d'une frontière, les villageois fouillent sous la neige pour voir de quel côté du cauchemar ils ont dormi.
Mais bien souvent, il faut attendre le casse-croûte, l'heure de table, pour la trouver, la frontière.
A midi, les soldats frappent chez l'habitant pour le café ou la soupe chaude.
C'est à la vue de l'uniforme qu'on comprend de quel côté du front on a passé la nuit.
Une nuit blanche sous l'obus des songes.

Encore faut-il les reconnaître, ces soldats plus très frais.

On sôdâr â défilé, ça n'a rén à vèye avou on sôdâr devint l'guêre. C'èst l'vîche Gèrmêne ki d'hév' çoulà.
...
C'est la vieille Germaine qui disait ça : "Un soldat au défilé, ça n'a rien à voir avec un soldat à la guerre".
...
"Au défilé, t'en verras jamais un qui a chié dans son froc..."
Et dje n'djâze né dès gradés ; cès k'avînent dès barètes sos leus spales ; cès- là, i tchiyèt devint leu tièsse.[6]

Alors, pour ne pas commettre d'impair, pour ne pas confondre les Schleus et les Ricains et heurter les susceptibilités, à midi Germaine reçoit tous les soldats en wallon.

- *Bondjôr, one jate de cafè avou on bokèt d' flèyon ?*[7]
Et tu laisses ton arme dans le corridor s'il te plaît !

6- "Et je ne parle pas des gradés ; ceux qui avaient des barrettes sur les épaules ; eux, c'est dans leur tête qu'ils chient."
7 - Bonjour, une tasse de café et un morceau de tarte ?

Merci.

Parfois, il n'y a rien à manger ou à boire, alors c'est une cigarette près du poêle à charbon.
Parfois c'est le soir, et les soldats cherchent un coin dans les fermes pour dormir.
Là, il faut faire gaffe à pas mélanger les genres !

- Dis Germaine, je mets les deux Allemands à l'étable, faudra faire attention à ne pas les réveiller en même temps que l'Américain qui dort dans le fenil, hein, je ne veux pas d'un champ de bataille au déjeuner !

Eh bien malgré ces précautions, y en a qui se sont croisés, au réveil.
A la queue leu leu devant les toilettes, sous l'escalier.
Avec des têtes de hibou. Pas encore d'humeur guerrière.
Hébétés comme des glaçons qui pendent à la corniche, qui fondent tout doucement de l'intérieur...
"Allez-y, je vous tiens la *clinche*[8]"
"Je n'en ferai rien, après vous"
"Merci, vous pouvez me tenir mon casque ?"

- Bon ! Alors toi, l'Allemand, tu prends la porte de derrière, et toi, l'Américain, tu files par devant. Hep pepepp, stop ! Germaine, les fusils !
- Quoi les fusils ??
- Les fusils, là, au portemanteau... donne à chacun son fusil.

Reconnaître des uniformes, c'est une chose...
Ne pas se tromper dans les fusils, c'est une autre paire de crosses.

- Germaine, la Winchester c'est pour le *Mister*, le Mauser pour le *Herr*, et *gradeaus*, *tchüss und* merci *see you soon* toujours droit devant dehors bonne journée.

8- Poignée de porte

La Bataille des Ardennes...
Les forêts s'en souviennent, y a des trous d'obus un peu partout.
Et les racines des arbres détricotent encore les 37.944 portés disparus.
37.944.
Portés disparus.
Civils, vainqueurs et vaincus confondus.
37.944 personnes dont on n'a jamais retrouvé la moindre trace.
Volatilisés.
Des familles belges sans nouvelles de leur frère, de leur mère, de leur père, de leur fille ou soeur.
Disparus ici, en Ardennes, à proximité.
Des foyers américains, anglais, allemands, amputés d'un fils.
Un fils disparu.

A la guerre, oui, ça ils le savent.
Mais est-ce que ça aide ?

La Bataille des Ardennes...
37.944 disparus, 28.344 soldats morts au combat, 2.500 civils belges tués : 68.788 victimes.
En un mois et 2 jours.

Oho, aha...
Mès cu s'pass't-i lâvâ ?

Ah, le wallon...
Les chants wallons...
Les expressions wallonnes...
Au commencement était le wallon.

Vî coyon par exemple.
Bon, à la première écoute comme ça, on pourrait croire à une injure,
eh bien pas du tout, c'est tout le contraire :
Et cwè vî coyon, i n'a ré d' noû ?
C'est une sollicitude.

Si quelqu'un dans la région te dit : "*Et cwè vî coyon, i n'a ré d' noû ?"*, c'est qu'il est plein d'attention pour toi. Même si la traduction littérale c'est : "Alors vieux testicule, quoi de neuf ?"

Le wallon, je suis tombé dedans quand j'étais haut comme trois pommes.

Une fois par semaine, j'assiste aux répétitions de la pièce de théâtre pour le concert annuel de la Royale Arion.
Ils répètent chez nous, au salon, dans notre salon torsadé par les fumées de Bastos et de Boule nationale sans filtre.
Au début, pour moi, c'est une réunion d'agents secrets, cette troupe de théâtre qui vient répéter *"Nosse curé Bachus", "Li baron vadrouille"*, "*Dj'î so, dj'î d'meûre*", "*Lès wèses del' nut*"... chez nous, dans notre salon.
Je ne comprends rien à leur charabia. C'est pire que du *flamind*[9].
Mais quelle bande de sioux potaches !

De vrais initiés du baragouin, des chevaliers de la langue bien pendue, des éclateurs de rire qui décochent des répliques à qui mieux mieux, le nez dans leur brochure, le doigt collé sur leur texte.
Heureusement, y a mon père. A la dérobée, il me traduit un mot ou l'autre. Moi, j'essaye de deviner la suite, à la musique, à l'expression, je guette le sens... mais ma mère finit par m'envoyer au lit.

Ma mère. Un druide. En plus du cassis, elle fait souffleuse. A la salle des fêtes. Dans la caisse, là, juste devant la scène.
Quand mon père a des trous de mémoire, ma mère souffle
et, au fil des ans,
ma mère souffle de plus en plus souvent,
et de plus en plus fort.

9- Flamand.

On l'entend mâchouiller le texte jusqu'au dernier rang.
Un soir j'ai bien cru quelle allait sortir du trou et faire manger la brochure à mon père.
Lui, sur scène il fait la sourde oreille, avec son air de ne pas y toucher, il feint d'être tranquille, indifférent aux rappels de sa muse.
Je m'en souviens comme si c'était hier : il se plante devant la caisse du souffleur et d'une voix bien forte pour que tout le monde dans la salle l'entende :
Sofèl' pus fwèr, Anna, dje n'ô rén.[10]
Le plus souvent, ma mère termine ce week-end-là sans voix, aphone.
Elle passe tout son lundi avec des inhalations pendant que mon père récolte, au magasin, les honneurs.
Un petit commerce de peinture, notre magasin, en plus de la vitrerie.
Le lendemain de la pièce, il y a un monde fou.
Les gens viennent refaire la soirée, et rire du bonheur qu'ils ont eu à rire ainsi, la veille.
De temps en temps mon père revient à la cuisine, modeste comme un cabot :
I n'a né mâ s'tu sésse îr à l'neu...
"Ça n'a pas mal été t'sais hier au soir..."
Et ma mère d'un filet de voix :

- *C'èsteut kî â magazén ?*[11]
- Paul.
- Qui ?
- L'instituteur !
- *Ke v'lév'z-i ?*[12]
- *One bwète de rodge coleûr...*

UNE BOITE DE PEINTURE ROUGE... une heure et demie de discussions avec l'instituteur pour lui vendre une toute petite boîte de peinture rouge.

10- Souffle plus fort, Anna, je n'entends rien.
11- C'était qui au magasin ?
12- Qu'est-ce qu'il voulait ?

UNE HEURE ET DEMIE !
Et on s'étonne que je n'ai pas le sens des affaires.
Mais seulement celui des réjouissances.

Oho, aha...
Mès cu s'pass't-i lâvâ ?

Ce tronçon Bruxelles-Liège.
Tongeren-Tongres
Waremme-Waremme (ah ! on est en Wallonie !).
Réfléchir une autoroute c'est pas broder de la dentelle de soie. Mais tout de même...
Il ne devait pas être payé à la courbe
l'ingénieur de cette droite dépressive.

Et si je prennais par Stoumont ?
(La Bataille des Ardennes)

Ce jour-là, c'est ce que j'ai fait. J'ai pris par Stoumont.
Le jour où, pour la première fois, je me suis dit que je ne rentrais pas chez moi, mais bien dans les cantons rédimés.
A l'époque... Quel âge j'ai, d'ailleurs, à cette époque-là, moi ? Ah oui, 21 ans. Donc, à l'époque, ça fait deux ans que je vis à Bruxelles et, en fin de semaine, c'est toujours la même affaire, je me dis que je ne sais pas si j'ai vraiment envie de vivre à la capitale.
Alors un coup sur deux, je prends ma voiture, je mets la radio, et direction Waimes plein pot chez Gerty, pour fumer des cigarettes en terrasse en levant des coupes à la santé des inconnus qui passent.
Mais ce jour-là, le 13 mai 1987, je ne sais pas ce qui m'arrive, j'ai une pointe d'aiguille sur la cinquième cervicale, un peu avant la sortie Stoumont, j'ai l'impression de rouler avec le frein à main.
C'est pas un problème mécanique. C'est moi.
A la sortie de l'autoroute j'ai envie de la reprendre en sens inverse direction Bruxelles-Brussel.

Mès cu s'pass't-i lâvâ ?
Je baisse la vitre, je roule au pas en respirant des paquets d'odeurs pour me dénouer le ventre.
Johnny passe à la radio : *J'oublierai ton nom.*
Je ris, je pleure et je chante en même temps.
Merde alors, j'ai la soirée de la veille collée au crâne !
Mais pourquoi je n'ai rien répondu ?
Pourquoi je n'ai pas dit : ils n'ont pas eu le choix ?
Pourquoi je suis resté en dehors de la conversation hier soir, le nez collé à la vitre ?

- Alors comme ça tu viens des cantons rédimés, de chez les...

Pourquoi je n'ai rien dit ?
On est là, debout au comptoir du Verschuren, à Saint-Gilles-Sint Gillis, Bruxelles-Brussel, à boire un pot avec les copains du conservatoire, il y en a un, un petit, Jean-Luc, qui me demande d'où je viens, je réponds :
"Je viens de Waimes... près de Malmedy."

- ...de chez les Boches.

Pourquoi je n'ai pas simplement répondu :

- Non je ne viens pas de chez les Boches, camarade, je viens de chez les Belges. Je viens des cantons de l'Est, belges depuis 1920, mais qui ont été annexés par l'Allemagne nazie pendant la guerre.

- Ben, comme toute la Belgique...

- Ah non Jean-Luc, la Belgique, elle a été *occupée*. Tiens, passe-moi les cacahuètes tu veux, merci. Nous, on a été annexés, le reste de la Belgique a été occupé jusqu'en 44. Occupé, pas annexé.

- Quoi ?

- Bon, d'accord... euh, Rita, on peut avoir deux bières sur le compte de Jean-Luc s'il te plaît ? Donc, Jean-Luc, le 10 mai 1940, ça te dit quoi ?

- Je ne vois plus trop, c'est loin tout ça...

- Les Allemands envahissent la Belgique.

- Oui, ça me revient...

- Et le 18 mai 1940 ?

- Le 18 ? Laisse-moi réfléchir...

- Le 18 mai, Hitler proclame l'annexion des cantons de l'Est. Il rattache ces territoires au "grand Reich nazi". Dans la foulée, le 28 mai, après 18 jours de combat, le Roi Léopold III accepte la reddition de l'armée belge.

- Ah oui, la guerre des 18 jours.

- Bravo Jean-Luc. Le Roi décide de rester en Belgique, prisonnier des Allemands. Le gouvernement belge par contre s'exilera à Londres.

- Et c'est de là qu'ils s'opposent à l'annexion, via Radio Londres !

- Eh non, Jean-Luc. Bruxelles sous cloche à Big Ben garde le silence à propos de l'annexion.

Merci Rita. Santé Jean-Luc.

Entretemps, toutes les administrations de l'Etat belge désertent les cantons et transfèrent les dossiers, les affaires, les registres aux administrations allemandes.

Et en guise d'adieu, la régie des douanes belges recule ses postes de contrôle sur les nouvelles frontières.

Tu me suis, Jean-Luc ? Donne-moi du feu, alors.

Du jour au lendemain, le mark remplace le franc belge, des rues et des places sont rebaptisées à la gloire des héros nazis, salut hitlérien dès l'école primaire où le portrait du Führer remplace le crucifix.

Du jour au lendemain, propagande jusqu'à l'église où le français est banni.

Tu veux te confesser ? Fais-le en allemand : *Hier spricht Deutsch*[13].

Le 23 septembre 1941 ?

- ...

- Le 23 septembre 41, ordonnance d'attribution de la nationalité allemande.

13- Ici on parle allemand.

Ce qui veut dire que tous les habitants des cantons annexés deviennent allemands, comme ça, par décret. Radio Londres : bang bang bang. Que des cloches.

Du jour au lendemain, *Arbeitsdienst* pour les grands, *Hitlerjugend* pour les ados.

Du jour au lendemain, tout homme en âge de se battre enfile de force l'uniforme de la Wehrmacht, et part sur le Front russe.

Sauf ceux qui ont le courage, ou la folie - va savoir -, de se couper la moitié du pied pour échapper à l'uniforme.

C'est ça une annexion, Jean-Luc. Bang bang.

Pourquoi je n'ai pas dit ça ?

Ou : "Ecoute, Jean-Luc, mes deux oncles et mon grand-père ont été enrôlés de force dans la Wehrmacht, alors, s'il te plaît, Jean-Luc, fais attention à ce que tu dis."

Ou mieux : "Espèce de rédimé toi-même !", en tournant les talons.

Rien. Pas un mot.
Stille Nacht.[14]
Je vide ma bière. Jean-Luc, jugeant peut-être que par mon *Stille Nacht* je mets un terme à la conversation, prend congé, se retourne pour emmerder quelqu'un d'autre, et moi,... euh moi,... je... *Ich...*
Ich mache eine Sturm und Drang[15]... une sorte de... *Wie kann man auf Französisch sagen ?*[16] De mini fracture du plexus solaire... *wenn sie wollen*[17]...

Boche... Boche.
Acculé dans une chambre d'écho par les brumes d'un mot, j'entends, *in meine Stille Nacht*, la réponse brisée de mon père : "On n'a pas eu le choix, c'était comme ça, c'est tout..."

14- Nuit silencieuse
15- Je fais un Sturm und Drang (littéralement Orage et Passion - mouvement littéraire allemand de la seconde moitié du XIXe siècle)
16- Comment dit-on en français ?
17- Si vous voulez

Mon père, qui n'aborde jamais ce sujet tabou, sauf... quand ce sujet tabou l'aborde lui... quand le souvenir de cette guerre part à l'abordage du bonheur insouciant des grandes fêtes de famille qui réunissent tout le monde... Tout le monde sauf Joseph, né belge, parlant français, chantant en wallon, blessé à Stalingrad sous l'uniforme allemand, mort à Waimes des suites de ses blessures en citoyen belge deux ans après la fin de la guerre...
Tout le monde sauf Charles, né belge, parlant français, chantant en wallon, mort à vingt ans sur le Front russe, sous l'uniforme allemand, et dont le corps - belge ? allemand ? - n'a jamais été rapatrié... Sur une stèle, au fin fond de l'Ukraine, est écrit parmi des milliers de noms : Karl Demoulin. Pas Charles. Karl Demoulin.

- Ils n'ont pas eu le choix, c'était comme ça, c'est tout...
- Parle d'autre chose, André, pas de ça...

Ma mère serre les dents pour taire son désarroi à elle, tenant front à la douleur d'avoir si peu connu son propre père, parlant français, chantant en wallon...

- *Djâze d'ôte-tchwè, André, né d'çoulà.*

Parler d'autre chose ?
Mais de quoi on parle quand on a appris qu'il ne faut pas parler ?
On s'invente des histoires ?

Stille Nacht, Heilige Nacht !
Alles schläft; einsam wacht
Nur das traute heilige Paar...

Les pins dégorgent leur résine.
J'ai arrêté la voiture en plein bois sur les hauteurs de Malmedy, dans un chemin de terre.
(Sacré Jean-Luc, va ! J'ai envie de vomir.)
Vous avez déjà essayé de casser des branches encore vertes ?
En les frappant sur un arbre ?

Ca fait des grands "clacs" secs, dont les vibrations se répercutent jusqu'à l'épaule.
Chaque coup sur le tronc vous fait lâcher prise, mais si vous voulez vraiment briser la branche, il faut augmenter l'intensité de la tentative, ou alors, épargner ses mains, et se contenter de l'écho qui parcourt la forêt.
Clac !... Clac...

- *Guten Tag! Ist das dort Ihr Auto?*
- *Ja, das ist meins.*
- *Ich habe eine Panne ; wissen Sie, ob es irgendwo in der Nähe eine Garage gibt ?*
- *Ja, auf meinem Weg gibts's eine. Wenn Sie wollen, fahre ich Sie hin.*[18]

M'enfin bon dieu, depuis quand est-ce que je comprends l'allemand, moi ??
Et que je le parle en plus ??

- Ah, vous parlez français jeune homme, veuillez m'excuser ; je suis à la recherche d'un garage pour ma voiture, je suis tombé en panne un peu plus haut... Mon nom est Klaus.
- Serge.

Nous roulons vers le garage Toyota.

- Je suis heureux de vous avoir trouvé sur mon chemin. Vous habitez dans la région ?
- Oui, tout près d'ici.

...

- Francophone des communes à facilités de la Région wallonne ?
- Oui, je fais partie de ces irréductibles... Romains...

...

18 - Bonjour ! Excusez-moi, c'est à vous la voiture là-bas ?
- Oui, c'est la mienne.
- Je suis tombé en panne ; savez-vous s'il y a un garage dans le coin ?
- Oui, il y a un garage sur ma route. Si vous voulez, je vous emmène.

- Des descendants de la Principauté de Stavelot-Malmedy, fiers de leur romanité...

- Tout à fait...

...

- Et fiers de leur wallon...

- *A kî l'disse*[19]...

...

Et vous, vous êtes du coin ?

- Non, mais nous sommes voisins. Bad Godesberg, sur les bords du Rhin.

Instantanément, j'ai comme la sensation d'être embarqué dans un week-end culturel teuton. Hier soir Jean-Luc, et aujourd'hui Klaus, une espèce de vieux champignon allemand qui sent l'eau de Cologne.

- *Eine Eiche,* là sur votre droite, un chêne centenaire planté par nos ancêtres communs, chêne prussien.

Nous y voilà!
Un casque à pointe, un Schleu, un Fritz, un frisé, un Boche... Ca y est, j'en tiens un ! Un vrai cette fois, sur mon siège passager, à la place du mort...
La route me semble soudainement incertaine.
...mès cu s'pass't-i lâvâ ?

- Donc, de la commune de Malmedy ?

- De Waimes plus précisément...

- ...qui vit en parfaite harmonie avec ses voisins germanophones... En somme, un exemple pour pas mal de vos querelles nationales.

- En effet.

- Ça c'est une chance ! Mais il faut pouvoir encourager la chance. C'est ce qu'avait parfaitement compris Frédéric Guillaume II, le Roi de Prusse, lorsqu'il accueillit en son giron votre région à la faveur du Congrès de Vienne de 1815, congrès qui allait redessiner l'Europe après la défaite de Napoléon.

19- A qui le dites-vous…

- Ah non, il ne va pas me faire un cours d'histoire maintenant ce vieux bolet.

- Pendant près d'un demi-siècle la Prusse s'est accommodée intelligemment de la situation, elle a respecté ce que les habitants de la région malmédienne avaient de plus cher : leurs langues maternelles. Le français et le wallon.

- Ma main au feu, c'est le cousin germain de Jean-Luc...

- Bien sûr, par la suite, Bismarck n'eut pas le même émerveillement à l'égard de vos ancêtres.

- Pitié, pas Bismarck, j'ai eu une *pète*[20] en rénové à cause de ce casque à pointe...

- La politique de germanisation forcée de Bismarck, son *Kulturkampf* n'ont fait que cristalliser le désir de certains Waimerais et Malmédiens de lorgner vers la jeune Belgique toute proche qui venait de naître. On peut les comprendre.

- Toi, si tu pouvais lorgner un peu vers le silence de la morille, ça m'arrangerait.

- Quoi qu'il en soit, l'issue de la Première Guerre mondiale allait décider pour tout le monde : en perdant la guerre, l'Allemagne allait aussi perdre ces contrées si chères à votre coeur ; en 1920, elles furent rattachées à la Belgique par le biais du Traité de Versailles.

Devrais-je dire annexées ?

Oh, une biche ! *Schöne* biche !

- ...

- Ironie de l'histoire, la Belgique accueillait en son sein des soldats qui en 14-18 avaient porté les armes contre elle sous l'uniforme prussien, comme vos deux grands-pères à mon avis...
Vous roulez sur le bas-côté, jeune homme...

- ...

20- Echec

- Bref, une terre étrangère était en quelque sorte greffée au sol belge sans que celui-ci n'appréhende les risques de rejet du tissu identitaire.

Pas étonnant qu'aux élections de 1939, la moitié des électeurs de la région ait plébiscité le *Heimattreue Front*, parti favorable au rattachement à l'Allemagne nazie. Pour pas mal de gens, ici, ça a dû être vécu comme une libération, l'entrée des troupes hitlériennes en '40 !
Ah ! Voilà le garage dont vous m'avez parlé, non ?

- Oui, nous y sommes, mais je ne sais pas si un garage Toyota pourra faire quelque chose pour votre Mercédès, monsieur Klaus...

Oho ! Aha !

Mais qu'est-ce qu'il raconte, ce vieux champignon ?
Dans la région, un électeur sur deux favorable à l'Allemagne nazie... En 39 ! Juste avant l'invasion.
Qu'est-ce que c'est que cette histoire ?
Bon. Ca laisse potentiellement un électeur sur deux qui était contre.
Mais tout de même.
On n'a pas eu le choix ?!
Et dans l'isoloir alors ?

Nom de Dieu, pourquoi est-ce que Charles et Joseph n'ont pas été réfractaires à la Wehrmacht ?... pourquoi ils n'ont pas déserté ?... ou je ne sais pas moi...
Pourquoi est-ce que toute la famille n'est pas partie ailleurs ?

Pourquoi ils n'ont pas désobéi, papa ?!

Et d'abord, est-ce que mon grand-père a fait la Première Guerre mondiale sous l'uniforme prussien ?!

Je viens des cantons rédimés, de chez les... ?

Je gare la voiture devant chez moi, je fonce vers l'atelier de mon père avec toutes ces questions qui me brûlent les lèvres, j'attrape la poignée, je pousse la porte...

- Ah, tu es revenu. Ça a été la semaine ?
- Mais papa... qu'est-ce que tu fais... ?
- Tu le vois bien, je repeins Jésus.

Il y a un grand Jésus de 80 centimètres, sans sa croix, couché sur l'établi, les bras tendus, comme ça, fraichement repeint jusqu'à la taille... et mon père pinceau à la main, sourire aux lèvres.

- Tu... tu fais quoi ?
- Je repeins Jésus, et quand il sera sec, j'irai le reclouer sur la croix.
- Quelle croix ?
- La sienne, un peu plus loin sur le talus, juste en face de chez Chantal et José.
- T'as prévu du rouge fluo pour les blessures ?
- J'ai déjà mis une couche d'antirouille, ça suffit comme ça. C'est encore Etienne, ton grand-père, qui l'a faite cette croix.
- Mon grand-père...
- Oui...
- Au fait, papa...
- Ton grand-père avait pris les paris avec le forgeron Maraite, celui qui a fabriqué ce Jésus en fer, pour savoir qui, du Jésus en fer ou de la croix en bois, lâcherait en premier :
"On voit bien que tu dors à la messe, *vî Dèmoulén*[21], lui lance le Maraite, le curé a dit que le Christ était en croix pour des siècles et des siècles, Amen... Dis, ta croix en bois, là, ta croisette, dans cinq ans, elle est par terre sous le poids de mon Jésus en fer."

21- Vieux Demoulin

"Cloue toujours ton gringalet dessus, lui répond ton grand-père, dans cinq ans la rouille lui aura rongé les deux bras pendant que les mites se seront cassé les dents sur mon chêne."
On n'a jamais su qui avait gagné le pari, le forgeron Maraite est mort, et ton grand-père a entretenu sa croix en bois et l'Jésus en fer du Maraite... jusqu'à ce que je prenne la relève.
Le dépendre tous les deux ans, hop, le rafistoler, lui remettre une couche de peinture, et pan pan, sur sa croix ! Et quand je ne serai plus là, tu t'en occuperas de Jésus.

Je reste sans voix. Je ne suis pas le seul. Le Christ, sur l'établi, il a replié ses bras, hop, comme ça, admiratif.

- Dis, d'ailleurs, un jour que ton grand-père était en train de le reclouer à grands coups de maillet sur sa croix, là-bas... y'a un gamin qui passe par là et qui, sans crier gare, s'enfuit à grandes enjambées...
Le lendemain, au catéchisme, le curé demande : "Bon, les enfants, on va voir si vous avez bien retenu la leçon de la semaine dernière : alors, qui a tué Jésus, quelqu'un s'en souvient ? – Moi, Monsieur le curé ! Je le sais qui a tué Jésus : c'est le vieux Demoulin, pas plus tard qu'hier, il l'a cloué sur la croix !"

-Dis, papa, au fait, mon grand-père...

Je prends une grande respiration... et tout à coup je vois mon grand-père ; je l'imagine en train de lire la dernière lettre que Charles, son fils Charles, lui a envoyée du Front russe, la veille de sa mort.
Une lettre aujourd'hui jaunie, déchirée aux plis, que mon père m'a lue plusieurs fois.

"Chers parents... merci pour le gilet que vous m'avez envoyé, il me tient bien au chaud... Ne vous faites pas de soucis pour moi... Tout va bien... nous recevons un peu d'alcool pour supporter tout ça... Je fais attention à moi, et je serai bientôt près de vous... votre Charles qui vous aime..."

Et je me demande subitement : pourquoi remuer tout ça, pour qui ?
Pour mes parents ?
Pour moi, pour vous ?
Pour mon fils ?
Pour comprendre quoi, être sûr de quoi... ?
Les élections de 1939, c'est de l'histoire ancienne tout ça, ça n'intéresse plus grand monde.
Je ne sais pas, je ne sais plus...

- Quoi ton grand-père... ?

- Eh bien, j'aurais voulu savoir : est-ce que mon...

- Ah t'es revenu, c'est bien, ça...

- Bonjour maman...

- Ca va ?

- Oui oui... ça va...

- C'est bien que tu sois revenu juste maintenant, je viens de passer le cassis au filtre, on va le goûter. T'as mangé ?

- Oui oui oui, j'ai mangé...

- Tu ramènes du linge ? Il est dans la voiture ? Ça va à Bruxelles ? Et les cours, ça se passe bien ? Oh là là, il pèse son poids ton sac de linge. Tu repars quand ? C'est à toi ce chapeau ? Lundi matin j'espère, comme ça j'ai le temps de repasser...

- Non non, ça va maman, c'est gentil mais...

- Il est beau ce chapeau, je le mets dans ta chambre ?

- Non non non, en fait... (le chapeau du vieux champignon ? Un panama...) je dois être à Bruxelles ce soir, m'man...

- Ce soir ? Ben ça valait bien la peine que tu rentres alors ? Tes chemises ne seront pas repassées. Je ne savais pas que tu portais le chapeau. Ça doit bien t'aller dis donc !

- M'mananan !

- Allez, reste pour le week-end *me p'tit fi*[22] !

- Arrête m'man, j'ai des trucs importants à faire...

- Tu vas répéter Madame Chapeau à ton conservatoire ?

- M'man, allez ! Non, j'ai un souper spaghettis chez Jeanne...

- C'est toi qui sais, à tantôt, je vais servir le cassis.

- ...

- Qu'est-ce que tu voulais dire avec ton grand-père ?

- Rien, p'pa, enfin si... le petit meuble que j'ai au *kot*[23] à Bruxelles, c'est lui qui l'a fait ?

- La petite commode avec le miroir par-dessus, évidemment que c'est lui. Pourquoi ?

- C'est parce qu'en le déplaçant, le miroir s'est détaché, et sur la plaque en bois, derrière, il y avait un mot écrit au crayon de menuisier, en français mais ce n'était pas signé...

- Tiens, ce n'était pas écrit en wallon ? Et ça disait quoi ?

- "1916, il pleut, toujours la guerre..."

Je reprends la route en sens inverse...
Si mon grand-père a été soldat prussien ?
C'est pire que ça, c'est lui qui a tué Jésus !

Waimes, Hotleu, Baugnez, la descente vers Malmedy, traverser la ville, aller chercher l'autoroute avant le circuit de Spa-Francorchamps : c'est triste à mourir toute cette région.
Le tronçon Liège-Bruxelles, ça c'est un billard ! Une piste d'envol vers une histoire vierge.
Vers un spaghetti dégoulinant de bolognaise artistique.

- T'es venu, Serge ? Super !

- Salut Jeanne. Tiens j'ai apporté du cassis. Dis-moi, il est là Jean-Luc ?

23- Logement d'étudiant

- Au fond de son lit avec la gueule de bois.

...

- Tirelipimpon sur le chihuahua, tirelipinpon avec les mains avec les bras...

- Dis donc t'es chargé Thierry ?

- Samedi soir sur terre, hein !

- ...

- Jeanne, hé... Jeanne, je peux allumer ta télé ? Je voudrais voir un truc.

- Pourquoi Benoît, y a du foot ?

- Tu m'as déjà bien regardé ? J'ai une tête à regarder le foot ?

- Quoi, tu veux regarder "Zygomaticorama" ?...

- "Zygomaticorama", c'est le dimanche soir bande de nazes ! Non, je veux juste voir le début du JT. C'est l'ouverture du procès de Klaus Barbie.

- L'inventeur de la poupée ? Quoi ? Ken a quitté Barbie, et Barbie lui fait un procès ?

- Putain Thierry t'es lourd... Klaus Barbie ! Le boucher de Lyon, ça ne vous dit rien ?

- Celui qui a inventé la rosette ?

- Le gestapiste qui torturait ses victimes et signait les ordres d'exportation vers les camps.

- ...

- Et quoi son procès débute seulement aujourd'hui ?!

- Eh oui mon vieux...

- Comment ça se fait ?

- Ah ça, c'est la question !! Si tu veux...

- Chut les gars, chut, regardez !

- ...

- Putain, la tronche qu'il a, une vraie tête de nazi...

- Toi, on t'aurait dit que c'était un écrivain célèbre, tu lui aurais trouvé une tête de génie, non ?

- Merde les gars, CHUT...

- ...

- Oh là là... c'est Vergès qui le défend, ils ne sont pas sortis du tribunal.

- Qui le défend ?

- Maître Vergès, son avocat !

- Mais c'est qui Vergès ?

- Dis, renseigne-toi un peu, tu veux !

- ...

- De toute façon, Vergès ou pas, il prend perpète !

- Evidement Sophie, mais Vergès ne va pas se gêner pour mettre son cigare sur pas mal de contradictions...

- Du style ?

- La situation spéciale en temps de guerre et l'obéissance aux ordres...

- La défense classique des nazis...

- Et sur les agissements de la France elle-même dans ses colonies, en Algérie par exemple...

- Attends Benoît, attends, tu ne vas quand même pas comparer l'Algérie avec la Deuxième Guerre mondiale et la Shoah !!!

- Je ne compare pas, Sophie, écoute ce que je te dis...

- Non, toi tu m'écoutes ! Ces gens-là, tous ces gens-là, tous ceux qui ont touché de près ou de loin au nazisme, pour moi, il faut les condamner sans hésiter ; du simple soldat au collabo du dimanche.

...

- Ca va Serge, tu ne dis rien ?

- Y a encore du cassis ?

- La bouteille est vide. Viens, on va voir dans la cuisine ! Du rouge ça te va ?

- Dur après le cassis...

- Whisky ? T'es sûr que ça va ?

- C'est rien...

- Quoi ?... Dis...

- J'ai pris un homme en stop ce matin... un vieux monsieur... il ressemblait comme deux gouttes d'eau au vieux champignon qu'on vient de voir, là... à Barbie.

- T'étais du côté de Lyon ce matin ?

Les seules fois où j'ai encore ouvert la bouche, c'est pour avaler du whisky bon marché.
Je suis sorti de chez Jeanne vers 11 heures du soir.
Et là, sur le trottoir, je me dis...
Où est-ce que j'ai garé ma voiture ?
Lulu ma voiture, LLU224.
Luluuuuuuuu....
D'habitude, je la siffle et elle klaxonne en faisant des appels de phares. Mais là, elle est foulée du cardan. Je ne l'ai pas encore amenée au garage, elle fait la gueule.
Luluuuuuu....

Je retourne le quartier dans tous les sens...
Rien.
Je m'assieds sur un seuil.
Et là, le destin. La maison où Jean-Luc a son appartement.
En moins de temps qu'il ne faut pour le dire, je suis debout, le doigt sur la sonnette.
Dring. Dring. Dring.

- Oui... qu'est-ce qu'il y a ?

- Jean-Luc ?

- C'est qui... ?

- C'est moi.

- Qui moi ?

- Serge, Serge Demoulin.

- Ah ! Tu montes boire un verre ?

- Jean-Luc, t'as regardé la télé ce soir ?

- Quoi ?

- Le JT ? T'as vu Barbie ?

- Qui ?

- Barbie. Klaus Barbie.

-...

- Ça te dit rien.

- Si j'ai vu. Avec quoi tu viens, t'es bourré ou quoi ?

- C'est comme ça que tu me vois, alors ? Tu nous mets tous dans le même sac. Cantons de l'Est égale Allemands, tous les Allemands sont des Boches, on était des nazis et moi je suis un Schleu rédimé, c'est ça ?

- Mais avec quoi tu viens ?!

- Je te signale, Jean-Luc, que pas plus tard qu'hier soir, tu m'as traité de Boche !

- ...

- Jean-Luc ? T'es toujours là ? Ouvre-moi cette porte...

- ...

- Ouvre-moi la porte Jean-Luc ou je la défonce...

- J'ai dit ça comme ça, sans faire attention...

- T'as quoi Jean-Luc ? T'as dit ça comme quoi ?...

- Comme ça, sans y réfléchir !

Là, mon alcool n'a fait qu'un tour. Je suis devenu tout vert. Comme le docteur Bruce Banner.
Sur ma droite, une poubelle publique. Je l'arrache d'un coup et, dans un rugissement primitif digne de Banner quand il se change en Hulk - rappelez-vous, c'est Lou Ferigno qui jouait Hulk -, je la balance en un gracieux mouvement ralenti sur la porte d'entrée de chez Jean-Luc.

- Jean-Luc ?... Jean-Luc !
Allo Jean-Luc ? C'est cassé ton truc ?

On a un technicien parlophone dans la salle ?

- DEMOULIN !!!!
- Jean-Luc ?
- DE-MOU-LIN !!!
- Jean-Luc ??... T'es où ?

- Ici, lève les yeux...
- Alors comme ça t'es passé sur ton balcon et on ne me dit rien à moi ?! Dis, Jean-Luc, écoute. Ton parlophone, là, rac ric il a fermé boutique...

Et sans crier gare, vlan ! Un bazar énorme m'écrabouille le nez. Je pars à la renverse, la tête sur la portière d'une voiture en stationnement... ma Lulu !

- Tiens Demoulin. Tu veux jouer les victimes ? Voilà un bel uniforme de soldat pour ta pomme : je viens de bosser sur un Brecht, il t'ira comme un gant... Et fous-moi la paix ! *Scheisse* !

Stille Nacht, Heilige Nacht !
Alles schläft; einsam wacht
Nur das traute heilige Paar.
Holder Knabe im lockigten Haar,
Schlafe in himmlischer Ruh !
Schlafe in himmlischer Ruh !
...

Je me réveille. Sur la banquette arrière de ma voiture. Toujours garée devant chez Jean-Luc. La tête sur un uniforme... un uniforme de la Wehrmacht !
...
Ouvrir le coffre. Prendre un vieux sac en plastic. Y fourrer cette chose. Ne plus jamais entendre parler de cette histoire.

Deuxième partie

Trois ans plus tard j'ai frôlé la mort. A 24 ans.
Au carnaval de Malmedy. Le 3 février 1990.
En faisant du hors-piste.

En gros le carnaval, quand tu l'expliques à quelqu'un à Bruxelles, t'as l'air d'un con.
J'ai souvent l'air d'un con. J'aime bien essayer d'en parler.

Parce que je le pratique aussi. Je fais partie d'une fanfare, la Royale Printen. On est de sortie le samedi soir, on démarre du kiosque de la place de Rome après le discours du président, on remonte en jouant vers la place Albert, ensuite c'est le Pont neuf, un deuxième kiosque, celui de la place du Marché, puis c'est le faux plat descendant vers le Globe où on termine par un medley à durée indéterminée.
C'est important les fanfares au carnaval. Je dirais même plus, c'est l'âme du carnaval. La Royale Printen, c'est une fanfare de percussions, qui a tout d'une vraie : drapeau, porte-drapeau, président, sympathisants, supporters et détracteurs.
La seule différence avec les vraies fanfares, c'est que nous, on ne sait pas jouer.
Ceci dit, c'est un gros avantage pour le recrutement.
Pas de partition, pas de répétition, rien ; juste des baguettes, des tambours ou des casseroles.
Et donc, le 3 février 1990, je suis de la partie. On vient de finir le kiosque de la place du Marché – succès phénoménal pour les badauds, et un désastre pour "l'Echo des Pistons", une vraie fanfare celle-là, qui a eu la mauvaise idée de se retrouver sur la place du Marché

en même temps que nous et qui a assisté bien malgré elle à notre "show-case" sur le kiosque... à notre petit bout de concert.
Des noms d'oiseaux fusent, une fois de plus "l'intelligentsia" du folklore malmédien nous accuse de déshonorer la tradition. Nous, on fait notre "haka" : on lève notre verre à leur santé en leur disant "à la vôtre, encore une que les Boches n'auront pas !"
Le kiosque est chaud, on leur cède la place. On entame le petit tour vers le Globe. En rang par trois, plus ou moins au pas, plus ou moins en cadence.
Et en chantant : "Royale Printen, fanfare d'amour d'*amîtché*".

Subitement, dans mon chant de vision restreint par une grosse paire de lunettes violettes, je vois débouler Linda. Linda, c'est, entre autres, la trésorière de la Printen.
De but en blanc, avec sa perruque rouge et sa tenue de majorette, elle me dit :

- T'as cent francs, Serge ? Faut refaire une cagnotte, elle est vide.

- Quoi déjà ?

- Tout le monde a laissé sa glotte à la maison cette année.

- Attends Linda avant de refaire une cagnotte. On va passer devant la cathédrale pour aller au Globe ? J'ai deux casiers de Jupiler dans le coffre de ma Lulu. Tiens, voilà les clefs, file devant !

J'ai à peine le temps de finir ma phrase que, magie du carnaval, crac boum, la cathédrale de Malmedy marche vers nous.
Bang, bang, bang.

Ah, la cathédrale de Malmedy.
La rescapée, la miraculée...
...
Noël 44. La ville est enfin aux mains des alliés.

Les enfants écarquillent les yeux. Le père Noël est là. Dans le ciel.
De fines lames de papiers argentés déversées par les avions américains scintillent dans l'azur malmédien.
Les mains tendues, les enfants dansent dans les rues, poussent des cris de joie, attrapent du bout des doigts ces mille et mille cheveux d'anges venus d'Amérique...
C'est pour brouiller les radars des Allemands et désorienter leur défense aérienne. Mais d'Allemands, il n'y en a plus dans la ville...
En ce mois de décembre 44, les Américains bombardent leurs propres troupes par erreur. Et le père Fouettard de l'oncle Sam a la main lourde : 200 victimes civiles. 800 maisons en feu... et une cathédrale qui tient debout toute seule, intacte.

"Royale Printen, fanfare d'amour d'*amîtché*..."

On a de la chance avec le temps ce soir.
Ce 3 février 1990, ce sont des étoiles de neige qui scintillent dans le ciel au dessus de la cathédrale.
Il est tombé vingt-cinq centimètres de poudreuse et les derniers flocons sont hésitants, ils flottent devant nos yeux, s'accrochent aux sourcils pour une courte nuit, ou glissent sur le crayon gras d'une joue grimée. C'est beau un carnaval sous la neige, les pas sont comme neufs, et le froid vous pique une seule fois, pour vous indiquer la fatigue, l'heure de rentrer.
Mais moi, sous mon costume, je suis bien au chaud, je ne suis pas pressé.
Je cherche un endroit où m'asseoir pour profiter du spectacle. Et je pars seul... en hors-piste. Vers une petite balustrade sur le flanc de la cathédrale. Je pose ma caisse claire et je m'asseois sur la balustrade... mais ce que j'ai pris pour une balustrade pas très haute s'avère être une balustrade très glissante.
J'ai à peine une demi-fesse dessus que je bascule vers l'abîme, en chute libre.

Dans mon esprit embrumé, je ne suis plus au carnaval mais bien aux sports d'hiver, en train de faire un vol plané dans une crevasse de Chamonix.
La peur de ma vie !

Trente-cinq centimètres de dénivelé, un matelas de neige fraîche pour amortir mon corps, les skis - imaginaires - toujours accrochés de l'autre côté de la balustrade, et quelques bières dans le moteur pour faire tourner le cinémascope, mesdames messieurs, vous me croirez si vous voulez, une chute pareille, c'est très très très long !
J'ai vu défiler toute ma vie :

La Saint-Nicolas de la gymnastique 1973,
la course de baudets derrière le garage des pneus Bodarwé 1977,
les jeux inter-villages 1978, 79, 80,
"*Lu nut' du may*" 81, 82, 83, etc.
la kermesse devant la pharmacie,
la procession de l'église (qui trimbalait une Sainte Vierge d'oratoires improvisés en oratoires improvisés dans tous les quartiers du village ; et un oratoire, il y en avait justement un devant chez nous : les enfants de choeur déposaient La Marie sur la belle nappe blanche pendant que le curé et les fidèles à sa suite récitaient le chapelet et les litanies ; tout le quartier mettait sa belle tête contrite de messe pendant 20 minutes, et une fois que le curé avait tourné les talons, on soulevait la nappe qui cachait les fondations de l'autel : des casiers de Jupiler).
Enfin bref mesdames messieurs, je n'ai vu défiler que des fêtes !

Oui. Parce que dans la région, le folklore et la fête, c'est... comment dire ?... la mousse de la bière est proportionnelle à la couche de silence qui recouvre les blessures de l'histoire.
Dans mon village, par exemple, il y a plus de fêtes que ne peuvent en supporter les 52 week-ends de l'année. Je

pourrais très bien continuer à vous égrener le long chapelet des réjouissances, mais entre-temps, j'ai touché le fond.
Le fond de la crevasse de Chamonix-Malmedy.

Tombé dans une réserve de talc, des nuages blancs partout autour de moi.
Sur ma gauche une falaise de trente mètres de haut (une des deux flèches de la cathédrale).
Et tout en haut de cette falaise, qu'est-ce que je vois ?
Michael.
L'Archange Michael ! L'Archange Michaël terrassant le dragon. C'est l'emblème de Malmedy, il trône au sommet de la cathédrale.
Alors là, grâce au catéchisme, je comprends. Je suis en train de mourir. Je meurs.
Si j'avais fait morale au lieu de religion en primaire, je serais peut-être encore en train de vivre, mais là, je reconnais l'Archange. Je suis mort.
Alors j'attends. Que les ailes de Michael m'emportent vers les sphères.
Une semaine passe, puis deux, puis rien, je suis toujours dans mon manteau de neige. C'est quoi ce bordel ? Le purgatoire ou quoi ? Je patiente en me disant que l'Archange doit avoir du fil à retordre avec sa bête. Ce n'est pas tous les jours facile d'en découdre avec un dragon.
Et puis subitement :
"Les anges dans nos campagnes..."

Des tambours ? Ils sont cons ou quoi, les sauveteurs célestes ? Ils jouent du tambour dans la montagne ! Et les avalanches, alors ?
Je sors une fusée de détresse de ma poche pour lancer un SOS.
Mais voilà qu'à la flamme de mon briquet SOS, un alphabet mystérieux danse devant moi. Les lettres se courent après pour former des noms et des prénoms. Je suis nez à nez avec une liste de gens. Et tout en haut de cette liste, gravé dans la pierre :

"Passants, ces Malmédiens sont morts dans les bagnes nazis ou dans la résistance."

Et dessous :
"- Fernand Abinet, mort à la prison de St-Gilles en 44
- Franz Blaise, tué par la Gestapo à Sart-lez-Spa en 42
- L'Abbé Peters, décapité à Berlin en 43"

- Hé Serge !! T'es toujours des nôtres ? T'es dans le trou ou quoi ?

C'est Laurence de la Printen, Lau, un vrai Saint-Bernard, un garde du corps.

- Qu'est-ce que tu fous à genoux devant le monument des résistants ? Tiens je t'ai amené une bière, parce qu'à la vitesse où ca va, tes deux casiers, ils seront vite siphonnés.
- J'arrive, ma Lau, je reprends mes esprits et j'arrive... merci pour la bière. Merci.

Je n'ai jamais été porté sur les commémorations officielles. Mais en rattachant ma caisse claire à la taille, je me dis : et si la Royale Printen jouait un petit quelque chose en l'honneur de nos valeureux ancêtres morts pour la liberté ?
Quoi, ça serait irrespectueux ?

Oui, vous allez me dire que, là, la Printen marche sur les plates-bandes et les pistons de trompettes des fanfares officielles, et qu'une telle initiative risque de créer la stupéfaction générale.
Ce à quoi, mesdames et messieurs, je vous répondrai : "Au carnaval comme au carnaval, au carême comme au carême, et le carême ne débute que dans trois jours"

En avant, moteur !
Je repars bille en tête vers ma voiture, bien décidé à convaincre la Printen du bien-fondé de ma trouvaille

mais je tombe nez à nez avec un soldat allemand ! C'est Françoise, Miss Printen, un casque allemand tombe sur ses faux cils de 5 centimètres.
Et dans un grand éclat de rire :

- Dis-donc, Serge, tu nous avais caché que t'étais un nostalgique du troisième Reich !

L'uniforme de Jean-Luc !

Dans le coffre de ma voiture. Sous les casiers de Jupiler. En ce 4 février 1990, oui, mesdames et messieurs, le 4... parce qu'il est passé minuit... et ça, ce sont des choses assez courantes quand on s'amuse... donc en ce début de dimanche 4 février 1990, gisait toujours, à côté du cric, fourré au fond d'un sac, l'uniforme de la Wehrmacht qu'un Jean-Luc de sinistre mémoire m'avait balancé dans la tronche trois ans plus tôt.

Et là, je ne sais pas ce qui me prend, j'enfile cet uniforme aussi rapidement qu'on épouse une idée.

- *Mon djû don, me p'tit fi, ke fésse-là ?!*[24]
- M'man, c'est du théâââtre...
- Oui, je sais bien, mais quand même, fais attention à ce que tu fais, et à ce que tu dis... pas que les gens viennent croire que...
- Maman ? Je peux continuer ?
- Oui oui, vas-y, continue, je te regarde.
- Merci m'man.
- Mais tu me ramèneras cet uniforme : il a passé trois ans dans le coffre de ta voiture, il a besoin d'un coup de fer, il est tout chiffonné.
- Mais maman, je n'ai pas d'uniforme, regarde ! Mais je passerai quand même à la maison et on boira de ton cassis, d'accord ? Tu me laisses continuer ?
Merci.

24- Mon dieu, mon p'tit garçon, que fais-tu là ?!

Donc, j'enfile cet uniforme rapidement, et tout aussi rapidement je me dis que si la Printen s'apprête à honorer la mémoire des résistants malmédiens, dans la foulée elle doit honorer aussi la mémoire des 8000 jeunes hommes des cantons de l'Est enrôlés de force dans l'armée allemande et dont personne ne parle depuis le sommet de l'Etat fédéral belge jusque dans les salles du conseil communal de Waimes, Malmedy, Saint-Vith, Eupen *en zo voort*.
72 ans après les faits, je veux dire en 2012, la Belgique est toujours incapable d'intégrer dans ses livres d'histoire l'annexion d'une partie de son territoire en mai 1940. Comme si ça n'avait jamais existé.

Moi qui ne voulais plus jamais entendre parler de cette histoire, voilà que je n'ai plus assez de dents dans la bouche pour lui faire barrage. Les conséquences de ma chute dans les Alpes malmédiennes, sans doute.

Maman, t'as pas un petit cassis, faut que je me change les idées ?

- Dis Serge, tu veux qu'on fasse une stèle ?
- Une quoi ?

C'est Mirou, neurologue dans le civil et grosse caisse à la Printen.

- Une stèle. Pour ton oncle. Et pour tous les enrôlés de force... ?
J'ai tout ce qu'il faut dans la camionnette : des bombes de peinture, un morceau de contreplaqué, des piquets, une masse et des clous. On fait une stèle, on la plante où tu veux à côté de la cathédrale, on joue un morceau et après on va boire une bière au Globe.
- Mirou. Les gars. Reconnaissance éternelle.
- De rien... Dis, la prochaine fois, prends un casque à ta taille, tu ressembles à la grande vadrouille.

Je n'ai pas le temps de terminer ma cigarette qu'une stèle est là, plantée dans le jardin de la cathédrale, près du monument à la gloire des résistants.

- Chers Printeniens, chères Printeniennes, chers sympathisants, cher Dieu, une fois n'est pas coutume, cette année j'improvise un deuxième discours.

C'est Vincent, le faux vrai président de la vraie fausse fanfare.

- Au nom de la Royale Printen, fanfare d'amour d'*amîtché,* je voudrais remercier les autorités portuaires de nous avoir élus officiellement Fanfare officielle d'inauguration de la stèle dite de contre-plaqué, qui honore ceux qui, à l'instar des infortunés Alsaciens, Lorrains et autres Luxembourgeois, sont partis à la guerre bien malgré eux.
Mais qui dit "inauguration" dit "*bourguemestre*".
Et qui dit "*bourguemestre*" va le chercher parce que "c'est celui qui dit qui est".
Je vous prie donc, chers amis Printeniens de patienter, le temps que j'aille quérir le susmentionné *bourguemestre* que j'ai vu pas plus tard qu'il y a 10 minutes faire des "à fond" avec le Trouv'lé sur la place Albert.

Le tout dans un brouhaha cacophonique de tambours désaccordés : racadapompom...

Je suis comme un coq en pâte, et les coqs en pâte ça grimpe sur le fumier. Hop ! Me voici sur le seul roc disponible : le monument aux morts de 1870.
D'ici, la vue est très belle : la Printen sur la droite, la stèle dite de contreplaqué sur la gauche et, au milieu, le mémorial aux résistants.

A ce stade, mesdames messieurs, je dois vous parler des Schtroumpfs.
Les 6 Schtroumpfs.

Hubert Goffin, centre-avant au FC Liège, les trois frères Warnotte du garage Ford, José Mélotte qui a ouvert le Batta du zoning et son épouse Josiane née Vandersteen en Schtroumpfette. Bedonnants, éméchés, et comme il se doit malicieux et joyeux, ils s'approchent par la droite.

- Laissez venir à moi les Schtroumpfs délavés, osé-je, le casque allemand de travers et les bras en croix comme le Christ de Rio.
- Adolf, on va te schtroumpfer Gargamel, me répond le grand Schtroumpf.

Et toute la Printen : badaboum boum !

- Olé, les Schleus sont revenus !

Un couple déguisé en Mexicains arrive sur la petite place, sombrero sur la tête et poncho sur les épaules.

- Hé ! les Mexicains, je ne suis pas déguisé en soldat boche !
- Tequila... alors ?!
- Je suis déguisé en enrôlé de force revenant du Front russe, y a une nuance, gringo !

"Olé !", allez la Printen ! Mirou et Manu aux grosses caisses : "boum boum boum", Laurence aux grelots.
Michel, Chanchan, Sandry, Bouly, Joëlle, Bobine, Françoise, Linda sur leurs tambours : tacaboum tacaboum, et nous, les excitant à la caisse claire, avec Gildo, Fabien, Patraque, Arno : rrrrrrrrrrrrrrrrrrrrrrrr rrrrrrrrrrrrrrrrrrrr !

- SERGE... SERGE, descends de là toute de suite !!!

Un Tyrolien avec un loden à plumes et un groin au milieu du visage accourt à toutes jambes depuis la place Albert encadré par deux sexy-tyroliennes massives. Dans leur sillage : Vincent, notre président de Printen.

- Je t'ai ramené le *bourguemestre*.

- Tu devrais avoir honte Serge ! Non, mais tu t'es bien regardé ? Gamin de merde ! En soldat allemand sur le monument aux morts !

- Et alors, *môsieur* le mayeur, ce n'est pas sous l'uniforme de la Wehrmacht qu'ils sont partis combattre ?

- Ecoute-moi bien, Serge Demoulin ! Je t'ai toujours pris pour un garçon de bonne famille, mais là, tu commences sérieusement à avoir mauvaise réputation !

- *Mon djû don, mon djû don me p'tit fi...*[25]

- MAMAN... C'EST DU THEATRE...

Et la Printen : boum boum.

- Allez Serge Demoulin, descends de là tout de suite ou je vais chercher la police !

- Je ne suis pas Serge.
Mon nom est Charles Demoulin, né belge le 16 décembre 1923, tombé en soldat allemand le 14 novembre 1943 à Krivoy Rog en Ukraine.
Et de moi non plus la Belgique n'entend plus jamais parler.
A Waimes, à Malmedy, à Bruxelles, les mémoires sont muettes.
En Ukraine, je suis toujours KARL Demoulin, l'Allemand.
C'est écrit sur la stèle du cimetière de Kierkof où je suis enterré dans la fosse commune.
Et lors des cérémonies, une fanfare - dite officielle - vient me jouer le "Deutschland über alles".
Mès mildju dje n'comprind né grând'chwè à l'al'mând.[26] Et ce que je comprends ne me raconte pas grand-chose. Une petite Brabançonne me ferait tellement de bien.

25- Mon dieu, mon dieu, mon p'tit garçon…
26- Mais nom de Dieu, je ne comprends pas grand-chose à l'allemand.

Et plus encore "*Lu nut' du may*».

I fèt tranquile lu cî èst bê
èzès manèdges on n'ôt nou brut
avant lès tchamps, lès p'tits oûhès
su r'pwazèt quéquès eûres ossu
nos-ôtes, nos frohans bwas èt hâyes
po trover one cohe bèle assez.[27]

Il y a de plus en plus de monde sur la petite place.
En vrac : Eddy Merckx avec son maillot jaune, des Indiens, les Village People, Elvis Presley, les Dupond et Dupont, Casimir de l'Ile aux enfants. Et même Barbapapa.
Et tout le monde se met à chanter avec moi, briquets à la main.
Et la Printen accompagne très doucement et pour une fois joue presque juste.

Oh quéle bèle nut' cu l'nut' du may
cwand qu'on-z-a l'boneûr d'èsse êmé...[28]

Alors que tout le monde continue à chanter, un Michael Jackson s'écrie : "Moi aussi dans mon village, il y en a plein qui sont partis sur le Front russe..."
Et comme en écho : "*Nom di dju*, écoute un peu hé, mon grand-père y a perdu la jambe, à Stalingrad. Il s'appelait Willy Schomus... " Un extraterrestre germanophone.
Et tout le monde se met à évoquer un père, un oncle, un grand-père qui n'en est pas revenu, ou en tout cas pas entier. Et tous demandent que les noms de ces disparus figurent sur la stèle dite de contreplaqué. Et la Nuit de mai résonne comme un requiem à la mémoire de tous

27- Il fait tranquille le ciel est beau,
dans les maisons, on n'entend aucun bruit,
dans les champs, les petits oiseaux
se reposent quelques heures aussi,
nous autres, nous fonçons à travers bois et haies,
pour trouver une branche assez belle.

28- Oh quelle belle nuit que la nuit de mai
quand on a le bonheur d'être aimé.

ces oubliés, de tous ces jeunes gens morts pour une cause qui n'était pas la leur. Et durant un moment, perché sur mon monument aux morts, j'appartiens à une vraie communauté, qui vient de briser, à travers le plus beau de ses chants, quarante ans de silence.

Mais là au fond, accoudé à la baraque à frites, y a un drôle de type même pas déguisé :

- Etes-vous bien sûrs qu'ils étaient tous obligés d'y aller, vos petits soldats ? Y'en a quand même bien l'un ou l'autre qui s'est engagé volontairement, non ? Et comment se sont-ils conduits là-bas ? Ils n'étaient peut-être pas tous des anges. Y a pas eu des exactions ?

LE BOURGMESTRE : Qui êtes-vous monsieur ? Vous n'êtes pas de la région, sans doute.

- C'est une tare ?

- Ah, ne me faites pas dire ce que je n'ai pas dit. En qualité de démocrate avéré... d'élite élue... Je vous répondrai que, nonobstant... Comment dire ? Il s'agit, voyez-vous, et sans langue de bois, d'une affaire locale.

- Ah là, je ne suis pas d'accord, s'écrie John Travolta. Si la Belgique ne nous avait pas laissé tomber, avant, pendant et après la guerre, on n'en serait pas là.

- Comment ça, René ? dit un Big Jim grassouillet. Qu'est-ce que tu veux dire ?

- Mais vous savez quand même bien que la Belgique n'a jamais voulu reconnaître l'annexion. C'est pour ça qu'après guerre, ils nous ont traités de collabos.

LE BOURGMESTRE : Mes amis, mes amis, il nous faut raison garder ! Nous ne gagnerons rien à faire du bruit autour de cette désastreuse période. Que de la bisbrouille etc. etc. Serge, tu descends de là, maintenant !

- Mayeur, tu abandonnes les enrôlés de force !

- Mais je n'abandonne pas les enrôlés *nom di dju* !!

Je les connais presque toutes, les familles qui en ont eu des enrôlés. Et puis songez à l'exemple que vous donnez aux jeunes générations !

LES VILLAGE PEOPLE : C'est ça. On ferme sa gueule et on enterre toute cette histoire ! Et un jour faudra pas s'étonner si nos gamins viennent nous demander des comptes.

LE BOURGMESTRE : Les comptes son transparents ! On n'a rien à cacher !

Le groin lui pend sous le menton.

UN DUPOND : Je ne comprends rien à ce que vous racontez. En tout cas, ma famille à moi n'a jamais voté pour les nazis !

L'AUTRE DUPONT : Je dirais même plus : ta famille à toi a toujours été nazie et le sera toujours !

- Quoi ? Qu'est-ce que tu dis ? Tu veux ma canne sur ta gueule ?

LE BOURGMESTRE : Messieurs, je vous en prie !

Une canette de Jupiler lui explose le groin.

- *Nom di dju*, qui c'est qu'a fait ça ?

BARBAPAPA : C'est moi, ça te pose un problème ?

CASIMIR : Moi, ça me pose un problème. Viens ici si t'es un homme !

Une nouvelle canette fend les airs. Puis une autre, puis une troisième. Il pleut des canettes, des chaises et des sachets de frites mayonnaise. En quelques secondes, comme un feu de forêt dans les Fagnes, les alentours de la cathédrale se transforment en un champ de bataille.

La miraculée, intacte, sonne trois heures du matin.
Bang, bang, bang.

- Hé ! Pssst ! Serge... Serge...

- Qui m'appelle ?

- C'est moi, Charles... Viens. Laisse-les se chamailler. On y va. On rentre. On rentre à la maison. *A pîd po l'bwè*[29].

- Charles ??... Mais comment ça se fait...

- Pose pas de questions inutiles. Viens, suis-moi...

La neige craque sous nos pas à l'entrée du bois. C'est tout ce qu'on entend. Un bruit qui me fait du bien.
Je marche avec mon oncle, que je n'ai jamais connu. Il a à peu près vingt ans, comme moi. On a le même uniforme.
J'ai envie de lui poser plein de questions, qu'il me raconte plein de choses, qu'il me parle de mon père jeune...
Mais je n'ose pas trop le questionner, je pense à la Russie, à cette guerre, à toute cette merde incompréhensible...
La pleine lune dessine des ombres à travers les sapins sur le sol enneigé.

- Qu'est-ce que j'ai fabriqué tout à l'heure à Malmedy ?

- Tracasse pas, Serge, on les connaît : à l'heure qu'il est, ils boivent un coup ensemble en partageant les sparadraps. Tu veux une cigarette ?

A la sortie du bois, une voiture de fêtards passe très très lentement devant nous sans nous voir.

On marche vers chez nous en fumant des Belgas.

- Quand je suis reparti, après ma permission, il y avait encore les deux grands bouleaux dans la cour.

- Ta permission ?

- Oui, j'ai eu une permission. Je suis resté trois semaines à la maison, avant de repartir là-bas.

- Et t'es reparti ?! Mais pourquoi ?

29- A pied par le bois.

- J'avais pas envie tu sais. Les parents avaient imaginé une solution pour que je me cache. Mais je n'avais pas vraiment le choix.
C'est eux qui auraient eu des ennuis à ma place. La déportation peut-être... et tout le reste. Ma mère n'aurait pas supporté ça.
Je suis reparti en cachette à quatre heures du matin.
Je suis passé par l'étable, j'ai mis ma main dans la gueule d'un jeune veau, j'ai toujours adoré cette sensation, et je suis parti.

- Tu sais, Charles, ta mère, c'était ma marraine. Elle vivait là-haut, à l'étage, là, à la fenêtre. Elle a toujours vécu à la fenêtre. Jusqu'à la fin. Elle attendait. Elle attendait que tu reviennes. Maintenant, j'occupe sa chambre.
Viens, on rentre.
...
Charles ? Charles...

Charles n'est plus là.

Je tourne délicatement la clef dans la serrure, pour ne pas réveiller mes parents.
Je monte les escaliers sur la pointe des pieds et je referme doucement la porte de ma chambre.

- Hum. Bel uniforme. Un peu froissé par la fête.

Y a un type dans ma chambre !

- La vue est magnifique. J'ai ouvert la fenêtre, ça ne te dérange pas ? Quel beau pays que le tien. Quel beau pays que le nôtre, Karl.

- Karl ? Vous êtes bourré ou quoi ? Je ne suis pas Karl. Et vous, vous êtes qui ?

- Je suis venu rechercher mon chapeau.

Le vieux champignon ?!

- Tu as l'air surpris de me voir.
Hé, t'as vu que le mur est tombé à Berlin ?
Le communisme est KO debout.
Et ce n'est qu'un début.
Tout ça va se casser la figure.
Toi aussi pendant la guerre tu t'es battu pour la liberté, Karl.
Sur le Front de l'Est. Pour faire barrage à la peste rouge, pour l'anéantir.
On a eu raison cinquante ans avant tout le monde.
Tu as donné ta vie. Mais aujourd'hui, tout le monde a oublié. Même ton bourgmestre d'opérette.

- Au moins lui ne joue pas avec des petits trains et des petits fours, Mister Klaus.

- Je suis un soldat, Karl. Comme toi. Tu sais qu'on ne fait pas la guerre sans verser le sang.

- Ca vous tient bien au chaud la haine, pas vrai ?

- Haine ? Je n'en ai pas une goutte. Et certainement pas vis-à-vis de ta région, de ta famille, ou de toi, mon p'tit Boche.

Jusque là, ça allait, c'était supportable. Oui bon, c'est un peu bizarre de papoter à cinq heures du matin dans sa chambre avec un type qui ressemble à Klaus Barbie, ou avec Klaus Barbie lui-même, ou avec son fantôme, ou avec quelqu'un de bien réel qui s'est fait la tête de Barbie... vous savez, au carnaval, moi, je ne m'étonne plus de rien.
Enfin, quoi qu'il en soit, ces deux derniers mots là... P'tit Boche... ça c'est gâté...
Bon, il ne pouvait pas savoir Barbie... il ne pouvait pas savoir que quand on me traite de "Boche", il y a Lou Ferigno qui débarque... Je suis redevenu tout vert.
Huuurrgghh... Mais le vieux champignon vénéneux lui aussi est encore vert. Il attrape mes poignets. Il colle sa bouche à mon oreille.

- Tu as été un bon soldat, Karl. C'est une chance que j'aie pu admirer tes hauts faits d'armes sur le Front de l'Est. Si tu avais vécu, tu serais devenu un chef. Je t'aime comme un fils, Karl.

Ces mots, c'est de la neige carbonique dans mes os. Des coups de fusils, des murs de neige déchirés par le sang, des agonies métalliques, des mots d'ordre hurlés par des gisants, des enfants qui meurent à la guerre en appelant leur maman.

- Serge... Serge... Serge, réveille-toi !

Papa ?

- C'est quoi cet uniforme ?!

Mon père, livide, debout en peignoir au pied de mon lit. Derrière lui, ma mère, blême, en chemise de nuit, et moi, moi...

C'est vrai, ça. C'est quoi cet uniforme ? Pourquoi j'ai dormi avec un uniforme ?
Aïe ! Ca me revient : la stèle, la Printen, le monument aux morts, la bagarre générale, Charles... et Mister Klaus. Et moi sur mon lit, avec la gueule de bois sous le casque en fer.

Sans compter le cortège du dimanche qui démarre dans deux heures ! Auquel, en ce 4 février 1990, mesdames messieurs, toute la famille doit participer. Mon père et ma mère en diables rouges et moi... moi...

MA MÈRE : Allez, descends manger un petit bout, *i fâ r'mète l'âme o cwèr.*

Il faut remettre l'âme dans le corps, oui m'man... plus facile à dire qu'à faire.

A table, même les mouches font silence. Elles sont figées, dans les starting-blocks sur le bord des assiettes.

MON PÈRE : Enlève cet uniforme...

MOI : Non.

On n'est pas abonnés aux longues phrases dans la famille. Mon père attrape une tapette à mouches.

- Tu ne vas pas faire le dimanche avec cet uniforme !

Clac ! Une mouche en moins au carnaval.

Je consens à retirer le casque.
Des confettis dégoulinent sur mes yeux.

MA MÈRE : Un petit café ?

- T'as pas un petit cassis, à la place ?

MON PERE : C'est ça que t'apprends à ton conservatoire ? Faire le mariole sur le monument aux morts ? Déshonorer la famille, la région ?!

Tching boum tching boum
Tralalala...

- Doucement les enfants, doucement !

Tching boum tching boum
Tralalala...

Des cow-boys et des Indiens envahissent la cuisine.

c'èst nos-ôtes lès pus djoyeus...
c'èst nos-ôtes lès pus-ûreus...[30]

-... les plus *djoyeus*, les enfants, pas les plus *zozyeux*. On reprend.

Tching boum...

30- C'est nous autres les plus joyeux…
c'est nous autres les plus heureux…

C'est Paul, l'instituteur du village, en grand manitou wallon.
Les enfants tournicotent autour de la table en chantant.
Il y a un peu plus de 15 ans, j'étais à leur place...
Et plus tôt encore, juste après guerre, c'était mon père, au moment où Paul débutait.

MA MÈRE : Bonjour Paul... un petit cassis de carnaval ?

PAUL : Alors, Sergio, t'es revenu du Front russe ?
Il paraît que tu en as fait des belles hier soir. Où as-tu déniché cet uniforme ?

Y a plus une seule mouche sur le bord des assiettes, les ailes entre les pattes, elles se sont planquées sous la carpette.
Ma mère dépose un petit cassis devant Paul.

- Merci Anna ! Dis, rappelle-moi un peu, André, tu avais quel âge quand la guerre a commencé ?

- Six ans.

- Six ans, c'était un peu juste pour partir sur le Front russe ça... Karl-Heinz, n'arrache pas les plumes d'Indien de Roland, s'il te plaît !

J'aurais mieux fait de prendre un café, moi, plutôt que d'attaquer au cassis, j'ai de drôles de sensations derrière les omoplates, de grandes ailes de mouche ou de scarabée me poussent sous l'uniforme, moi aussi j'ai envie de disparaître sous la carpette.

- Mais c'est à cet âge-là que tu as appris l'allemand, André, tout petit ?

Une aile vibre dans mon dos, elle déchire mon uniforme, frétille en plein jour, ça fait de drôles de "bzzz" dans ma tête.

- Emilie, viens un peu. Tu as quel âge ?

- Huit ans.

- Huit ans ? Eh bien, tu sais ce qui est arrivé à un petit garçon de ton âge à Waimes en 1942 ?
Un jour, il rentre de l'école en pleurant. Il croise un voisin sur le chemin qui lui demande pourquoi il pleure ainsi.
Et Emile, c'est son prénom, lui montre ses mains gonflées et meurtries.
Emile explique qu'il a refusé de saluer le portrait d'Hitler et l'instituteur lui a asséné des coups de latte sur les doigts en lui disant qu'il ne fallait pas que ça se reproduise, sans quoi ses parents auraient de gros ennuis. Le voisin serre très fort Emile dans ses bras : "Ecoute-moi bien mon petit *poyon*[31], et retiens bien ceci : trois litres ! En allemand : *drei Liter*. Demain, quand tu passes devant le portrait du fou, tu t'arrêtes, et tu le salues en disant *drei Liter* !
Comme ça, tes parents et toi vous aurez la paix."

Crac, ça y est. Une deuxième aile de mouche dans mon dos. Je n'y tiens plus :

- Paul, c'est bien beau tout ça, et les élections de 39 ?

La main de mon père glisse doucement sur la table vers la tapette à mouche.

MON PERE : Quoi les élections de 39 ?

- La moitié des électeurs vote pour un parti pronazi, non ?

Sur la tête de Paul, les plumes d'Indien se lissent entre elles.

PAUL : Alors, c'est ça qui te chipote, qui *t'adjite*[32] ?
Au lieu de t'intéresser à ton acné existentielle quand tu entends le mot "Boche", plonge-toi dans l'Histoire avec un grand "H", tu comprendras que les habitants

31- Poussin
32- T'agite

de la région sont des victimes à part entière du nazisme et que l'Etat Belge a une responsabilité écrasante dans cette affaire.
A vot' santé, hugh !

Deux antennes ont poussé sur mon front, j'ai une vision panoramique : sans bouger les yeux, d'un côté, je vois les enfants qui écoutent Paul comme si c'était un conteur, de l'autre, mes parents, très calmes, et derrière moi, mes grands-parents, mes oncles, mes tantes, enfin toute la famille, et un cortège interminable d'enrôlés de force qui traversent la cuisine... Je n'ai qu'un désir, moi, chanter *tching boum.* Chanter en wallon l'hymne du carnaval, la chanson que Paul m'a apprise quand j'étais gosse. Mais je n'ai pas le ton, je n'ai pas le rythme.
Les enrôlés traversent toujours la cuisine. Dans le chambranle de la porte, y a Klaus Barbie en majorette avec des faux cils de cinq centimètres. L'Archange Michael est assis sur le buffet. Dans ses bras, y a le Jésus en fer du forgeron Maraite avec le maillot jaune d'Eddy Merckx. Hulk est sur les genoux de Jean-Luc... et moi, au lieu de chanter, c'est plus fort que moi, j'attaque sur les élections de 39 !

- Paul, on a voté à 50% pour les nazis dans la région !

Un paon pousse sur la tête du grand manitou, ses plumes d'Indien sont à la parade.

- Le parti qui prônait le rattachement à l'Allemagne nazie a récolté 45% des voix en 39. Mais si tu veux parler chiffres, il faut pouvoir les lire, les interpréter.
45%, ça fait 2 000 personnes à Malmedy, 2 073 pour être exact.
Sais-tu combien ont pris, par la suite, leur carte d'affiliation au parti nazi ?
124. 124 fanatisés.
Et pourtant avec ta carte du parti nazi dans la poche, tu échappais au Front russe, tu évitais la boucherie.

Un bouton de mon uniforme saute et atterrit dans le cassis de Paul. Mon père sourit et commence à murmurer le *tching boum.*

- Et le reste des 45% alors ? Ils ont joué au vogelpik dans les urnes ?

Paul bat la mesure sur la table. *Tching boum* !

- Tous les électeurs étaient de souche allemande, ne l'oublie pas.
Est-ce que tu peux comprendre qu'au moment de voter ils n'étaient pas encore tous devenus belges dans leur tête, leur corps, leur coeur ou leur portefeuille et préféraient le rattachement à l'Allemagne ? *Tching boum.*

- A l'Allemagne nazie ?

- A l'Allemagne avant tout. La propagande a fait le reste.
A coups de millions de marks. Une vraie machine de guerre. Associations culturelles, associations éducatives, associations sportives... Jamais la Belgique ne nous avait offert tout ça. Beaucoup d'entre nous étaient crédules, d'éducation modeste. Voilà ce qui explique les 45 %.
Allez Serge, *tching boum tching boum...*

La coiffe de plumes danse sur la tête de Paul.

- *...tralalala.*

Maman ?
Je ferme les yeux pour écouter ta voix. La voix du druide.

- *... c'èst nos-ôtes lès pus djoyeus... c'èst nos-ôtes lès pus-ûreus*

J'veux chanter, maman... Y a toujours pas un son qui sort de ma bouche.

- *Et tant k'i-gn-arèt dès Mâm'diyins...*[33]

Et toujours cette foutue cinquième cervicale...

- *... lu Cwarmé on ne l' rouvèyerèt nin...*[34]

Chante, maman, chante...

-... *tchantans hôt èt tchantant bas : tching boum...*

Et moi, enfin, dans un rot énorme : *tching èt boumtrala tching boum tralalala* !

J'ouvre les yeux. Plus personne.
Le silence.

Un rire d'enfant. Un coup de trompette. Je vais à la fenêtre... Tout le monde joue au foot dans le jardin. Mon père, flanqué de la vareuse de Jan Ceulemans, le Flamand, forme équipe avec les cow-boys. Ma mère, avec le training d'Enzo Scifo, le Wallon, joue avec les Indiens. Et Paul, le grand manitou, fait l'arbitre, avec sa trompette en guise de sifflet.

Il neige.

Je vais les rejoindre. On fait des passes. Ceulemans et Scifo sont en grande forme. Le Mondial qui s'annonce sera magnifique.

- Serge, dit Jan Ceulemans, tu joues back droit ?
- Extérieur gauche, papa, comme tu me l'as appris.

33- Et tant qu'il y aura des Malmédiens…
34- … le Carnaval on ne l'oubliera pas…

LANSMAN EDITEUR
EMILE&CIE asbl
63-65, rue Royale B-7141 Carnières-Morlanwelz (Belgique)
Téléphone (32-64) 23 78 40 - Fax/Télécopie (32-64) 23 78 49
Courriel : info@lansman.org
www.lansman.org

Le carnaval des ombres
est le 875e ouvrage
publié par Lansman Editeur
et le 176e
de la collection "THÉÂTRE À VIF"

LANSMAN / EMILE&CIE
bénéficie du soutien
de la Communauté Française de Belgique
(Direction du Livre et des Lettres)
et de l'Asbl Promotion Théâtre
pour sa distribution

Composé par EMILE&CIE
Imprimé en Belgique
Dépôt légal : février 2012